뜨거운 그 집

反詩시인선 008

뜨거운 그 집

김경언 시집

시와반시

|차 례|

| 1부 |

초경

베란다 구석에 쪼그리고 앉아
밤마다 불면을 뒤척이는 소리

꼼지락꼼지락
신경질 가시가 머리끝에 돋는 소리

훌쩍 커버린 계집아이처럼
어느 날 새하얀 바닥에 떨군
새빨간 점, 점. 점,

게발선인장이 첫 꽃망울 터뜨렸다

그루밍 족

금발색 반란의 르네상스가
반란의 금발색 르네상스로 되돌아왔다

거울 앞에 선 남자
보릿가루에 버터로 뭉갠 가면을 쓴다

흰 쥐와 검은 쥐가
고양이 털 고르기 따라 하듯
뷰티샵 드나들며 털 고르기 한다

아이샤도우, 파우더, 립스틱이 손을 맞잡고
출근길 수컷처럼 반짝거린다

235mm

해종일 붙어 다니다가
어둠 속으로 되돌아간 235mm
되돌아서서 투덜투덜 투정을한다

깔창에 갈지자 그려놓고
빠져나간 235mm
가출한 즐거움도 잠깐

삐거덕거리고 툴툴거리는
발걸음과 발걸음 사이에
짜증만 비비는 235mm

노련한 새내기의 보행이
비밀이야 비밀 235mm 쉬쉬하며
되돌아선 신발을 돌려세운다

네모속 관음증

사각형 속의 흔적을 지우기 위해
사각형 흔적 속으로 몸을 숨기는 여자
빨간 감정의 신발을 하얗게 벗어둔 여자

나는 어디로 갔을까

네모진 여자의 뜨락이
네모진 여자의 창문을 훔쳐본다

등 돌린 등

등 돌린 등이
얼굴(등)을 마주하고 등을 치며 싸운다
물티슈 거울 지갑 화장품

등 돌린 등이
등을 끌어안고 울컥울컥 구토를 한다

세 구역만 가면 돼. 조금만 참아
등 돌린 등이
흘러내린 부끄러움을 토닥토닥 주워 담는다

등 돌린 등에
등 떠밀려 뛰어가는 퇴근길
멜빵가방의 표정 없는 얼굴

지하철 계단 저쪽
등 돌린 등의 등짝이 개운하다

폐업신고

　불개미 들락거리는 초가 한 채 묵은지 같은 빛바랜 외관 개보수도 안 되는 낡은 집 또르르 이슬처럼 맑은 영혼 봄날 아지랑이 속에 묻히고 오뉴월 보리누름 떨떠름한 바람이 몰고 오는 한기 파란 고무신에 담아둔 생의 침묵 황혼 길에 쉬어가는 삶의 끝자락 태우다 태우다 못다 태운 재 한 줌 허공중에 툭툭 털고 허겁지겁 달려온 주민센터 휘청거리는 공허가 공허를 부축하고 공허의 난간에 몸을 맡긴 빈손에
　경로 우대증 하나

바람

바람이 바람을 데리고 스커트를 들춘다

왕대나무에 내려앉은 허공이 구름의 속옷 같다

심심한 날이면 허영의 전봇대가 허영을 부추긴다

첫사랑 소식이 궁금한 것은 오로지 바람 탓이다

빨랫줄 풍경

빛이 바랜 겉과 속을 뒤집어 빨랫줄에 넌다

어제가 오늘의 빨랫줄에 걸려 덜렁거린다
젖은 운동화 곁에서 참새 몇 마리가 찍찍거린다

부끄러운 사연이 서걱거린다
널브러진 속옷이 햇볕 뒤로 숨는다
제비와 꽃뱀이 빨랫줄을 당긴다

내일이 오늘의 빨랫줄에 걸려 덜렁거린다
해와 달 사이가 하루 종일 야시시하다

널어놓은 낱말들이 바람에 펄럭거린다

사랑니를 뽑다

어느 날 아무런 생각 없이 생각 없는 일을 저질렀다

사랑니를 뽑았다 치를 떨며 발악하다가 낯선 남자의 손에 덜미 잡혔다

휑하니 파인 구멍 붉은 울분이 울분의 싹을 틔웠다 생각 없는 생각이 저지른 일 평지풍파가 잇몸을 뚫는다 60년 하고도 자투리 몇 년 입에든 음식 잘근잘근 씹어 사랑을 먹여준 사랑니 평생 사랑하자 유혹해 놓고 낯선 남자의 손에 덜미 잡혔다

아연실색

짧은 팬츠에 엉덩이가 아슬아슬
배꼽티에 배꼽이 삐죽
망신살이 사방에 깔렸다

젊은 남녀가 껴안고 입술을 포갠다
어른들의 눈은 눈을 가리고
열린 입들은 입을 내뱉는다
세상 참 변했다고.

엉덩이에서 배꼽까지
하루에 몇 번, 최소한 두세 번
오르내리는 내 눈의 아연실색

된장녀

물 건너왔다

마네킹에 입혀놓은 짝퉁 같은 명품
명품 같은 짝퉁
딱 봐도 내 스타일!
바람 든 허파에 바람개비 돈다

얼굴에 씌운 이중 스테인레스 냄비
텅 빈 속통
하얀 바닥 드러날까 불안한 하얀 바닥

튀어야 배알이 편하다
눈치, 염치, 허영심의 보도블럭이
허영심을 부추긴다

기어이
물 건너갔다, 발딱 선 그녀의 자존심

김씨

새벽 네 시
눈꺼풀 걷고 품팔이 시장 간다
지난 밤 꿈자리가 좋았던 남자
수월한 일거리 걸리려나 발걸음 가볍다

치솟는 물가 바닥 치는 일자리
힘든 삶에 지친 남자 구릿빛 얼굴
삼백원 믹스커피에 담배 한 대 꼬나물고
초조한 마음으로 팔려가길 기다린다

맨홀 청소 일자리!
꿈이 맞았다 눈썹 휘날리는 구릿빛 얼굴
얼마만인가
맨홀에서 해종일 건져 올린 일당 7만원

그저께 죽은 이씨 얼굴 같다

늦은 밤 포장마차 막걸리 한 사발에
오늘을 마감한 김씨
아이스 붕어 몇 마리 낚아 들고
여우와 토끼가 기다리겠다며
토굴집으로 비틀걸음 서둔다

파란 불꽃

벌레처럼 기어드는 배고픈 저녁
신 김치를 올리고 숫자 3을 누른다
불꽃처럼 후들거리는 저녁 배고픔

보글보글 닳아 오르는
낯 뜨거운 찌개의 빨간 아우성
파란 불꽃 튀긴다

지지고 볶고 끓이고 익히던
뚝배기 만찬은 혀끝에서 끝나고
불꽃의 파란 생은 블랙아웃 당한다

흔적

흔적 없는 자리에서
24시간의 흔적이 24시간의 흔적을 찾고 있다

날마다 흔적의 속눈썹이 짙어지도록
흔적이 흔적에게 숟가락을 쥐어준다

죽어도 죽지 않은 24시간
구석구석 흔적이 흔적을 찾고 있다

화장술

난
30년 후에도
완벽했다

아침저녁
제 몸을 폈다
오므렸다

미래를 앞당겨
종신보험을 들었다

바탕화면을
매끄럽게 다듬었다

클레식한 파랑과
친근한 노랑으로
시간의 액자 속에 가두었다

제 몸의 아침저녁을
오므렸다
폈다

난
여전히 아침저녁
완벽하다

| 2부 |

지퍼 생각

빠진 이빨 틈새로
이빨 빠진 바람이 들락거린다
금속계단은 간극이 없었다

손잡이가 닳아빠진 옛사랑 아랫도리

금속계단이 비틀어지자
반음은 반음끼리 온음은 온음끼리
사사건건 부딪히며 서로를 할퀴었다

틀리면 고치고 안 맞으면 맞추던
첫 만남이 빠진 이빨 틈새로
닳아빠진 찬바람 들락거린다

커피를 내리며 1

아라비카는
떠나보낸 첫사랑의 달콤함
로부스타의 쓴맛은
한 조각 와플 같이 쪼개진 첫사랑

티스푼이 휘둘리고
커피 잔이 흔들린다

포트 수관에서 흘러내리는
검붉은 우울과 끄레마의 노란 환희
너와 난 찰떡궁합 뜨거운 입맞춤
하얀 순수이다

커피를 내리며 2

라틴아메리카가 새하얀 잔 속에서 왈츠를 춘다
단20초내에 만난 거품과 커피 한 쌍의 커플이 넘치
는 사랑을 넘치도록 돌린다 뜨겁게 부드럽게 사랑
을 휘젓는 티스푼 끝이 뾰족한 아라비카와 둥근 로
부스타의 내츄럴 카페인에 적당히 기분이 좋으면
잔을 들어 입을 맞추다가 틀어지면 잔을 놓았다가
마음을 마음대로 움직인다 샷그라스에 뜨겁게 흘
러내리는 검은 황홀이 어떤 기분을 만들지 아무도
모르는 내 생의 비밀이 궁금하다

커피를 내리며 3

1.

만남이 이별에게 커피를 권한다
카푸치노와 블랙의 침묵
찻잔에 가라앉는 긴 시간
싸늘하게 식어가는 블랙의 쓰디쓴 맛
뜨겁던 찻잔이 식어간다
만남이 이별의 손목을 잡는다

2.

이별이 만남에게 커피를 권한다
카푸치노의 달콤하고 부드러운 거품
식었던 찻잔이 뜨겁게 달아오른다
어떤 애틋함이 거품에 빠져 허우적거린다
장미가 필 것 같은 예감
이별이 만남의 목덜미를 안는다

이해와 오해

이해는
서론이 간단명료해서 오해를 이해하게 하고
오해는
결론이 명확하지 않아 이해를 오해하게 한다

도마와 부엌칼

종일 두들겨대는 칼날을 빨아드린 도마가
주방 한구석에서 허리를 편다 어둠이 커텐을 치
자 난타는 막을 내린다

도마와 부엌칼이 서로를 위로하며 속닥거린다

부엌칼 : 오늘은 주인공 기분이 안 좋았나봐
        어찌나 세게 내리치는지 이가 다 빠졌어
도마 : 나는 얼마나 세게 찍었는지
       매끈하던 얼굴이 곰보가 되었어
부엌칼 : 공연 없는 날 대장간에 다녀와야겠다
도마 : 나는 목공소에 가서 대패로 밀고 와야지

내일은 제발 무사했으면 좋겠다 식탁 밑 의자가
킥킥 웃는다

성형수술 1

균열과 흑점과 방치된 세월이
사각형 암실에 누워 있다

콧날과 턱선이 회오리치는 여자
콧날과 턱선의 회오리를 찾아가는 여자
도공을 찾아가는 여자
백자 한 점 주문하는 여자

물레의 발치에서 사라진 여자
유약 속에서 뒹구는 여자
불가마에서 불타오르는 여자

균열과 흑점과 방치된 세월이
사각형 암실에서 지워지고 있다

잠에서 깨어난 여자
사각형 암실 문이 열리고

잘 구워진 백자 속에
이마 반듯한 보름달이 떠 있다

성형수술 2

인상은 삶의 질의 결과물이라며
마법에 취한 여자가 병원 문을 연다

눈 밑에 뿌려놓은 산초 씨 덕지덕지
깊게 파인 밭이랑 호밋자루 버리고 깊은 잠에 빠
진다

컴퓨터 그래픽이
잠에 빠진 여자의 밭이랑을 지우고 편다

밭이랑 호밋자루 간데없이
병원 문을 나서는 여자, 삶의 질이 낯설다

깡통2

　전생에 아마도 여자였었나 봐 남자들의 손이 허리 확 휘어잡고 조용히 가라앉은 속 뒤흔들어 쭉쭉 거품까지 빨아 들이킨다. 알맹이 다 털리고 별 볼일 없다며 차인 깡통 바람이 목말 태워 내려놓은 궁상이 지지리 궁상떨고 있는 어느 변방 희망도 절망도 속도 없이 데굴거리는 깡통 희미하게 들려오는 수레바퀴 소리 누구 없소? 누구 없소? 누~구…덜커덩거리는 절규의 틈새에서 번개처럼 스치는 한 가닥 희망 고물상을 거쳐 여자도 남자도 아닌 가발 눌러쓰고 외래어 명찰 달고 앉아 벙어리 행세하기

관계

칼로 무 자르듯 잘라버려야 하나
톱으로 나무 베듯 베어버려야 하나
칼과 톱이 성난 날을 세운다

뒤엉킨 실타래
이빨로 오도독 끊어버려야 하나
손톱으로 낱낱이 갈라놓아야 하나
이빨과 손톱이 서로 다툰다

나가떨어질까
떨어져나갈까
발과 손이 헛 팔매질한다

관계와 관계가 관계 사이에서
갈팡질팡 우왕좌왕
월화수목금토일은 월화수목금토일이다

분재

    꼬여도 이상하게 꼬였다 당해도 심하게 당했다
우악스런 손으로 곁가지치고 팔다리 철사로 감고
비틀어 숨통을 조이더니, 어느 날 之자가 사방으로
골목길을 내었다 미처 가리지 못한 아랫도리의 소
녀가 벌건 대낮 수반에 앉아 감당하기 힘든 수치심
에 몸을 꼬면서 어쩔 줄 모른다 밑둥이 튼실해야
씨앗을 잘 맺고 키가 낮고 아담한 외모가 파격적인
몸값을 한다며 삭둑삭둑 자르면서 음흉하게 웃는
남자의 손끝에서 울분이 밀어 올리는 꽃 한 송이
참담하다

수선

실밥 뒤집어쓴 여자
몸 하나 겨우 들여놓는 공간
궁핍한 삶을 뜯어고치는 여자

손가락 지문이 없어진 여자
줄였다 늘였다
낡은 자존심을 마름질하는 여자

여자를 수선하는 여자

굴렁쇠 소리에 노루발 세우는 여자
한 땀 한 땀
연분홍 꽃길을 걷는 여자

이태리타월

찌든 삶의 아침을 민다
까발리고 누워있는
위풍당당을 민다

내가 내 삼겹살을 구워 먹는다
백일몽 속이었다
황금돼지가 떼 지어 몰려왔다

까발리고 누워있는 속살 사이로
위풍당당 지폐가 둥둥 떠다닌다

찌든 삶의 저녁을 민다
황금돼지 떼의 황금돼지 껍데기가
위풍당당 바닥에 널려 있다

실어증

점점 말수가 줄어든다
점점 까맣게 잊혀져간다
점점 하얀 머릿속은 점점 하예진다

집으로 가는 길이 보이지 않는다
지하철 노선이 지워졌기 때문이다

좁은 의자 위에 풀 더미 던져놓고
성가신 눈꺼풀 포갠다
바람 부는 꿈속을 부표처럼 떠돈다

전광판에 반짝이는 마지막 역 이름이
풀더미를 흔든다
흔들리는 풀밭은 아무 말도 없었다

인질

팽팽한 긴장감이 집안 자욱하다

도마, 부엌칼, 프라이팬, 고등어 눈알, 이빨 빠진
머그잔, 찢어진 고무장갑,
빨간불 켜진 가스렌지

싱크대와 욕실, 혼자 눕기 알맞은 침대, 가끔 선
텐을 즐기는 모호한 경계의 베란다
일거수일투족이 안절부절못하고 있다

그림자에 붙잡힌 내 그림자가 방 안에 갇혀 있다

| 3부 |

뜨거운 그 집

더럽게 재수 없는 개와 더럽게 재수 있는 인간들
이 들락거리는 그 집
삼복에 이열치열 이율배반 열혈 인간들 쌍심지
가 뜨겁게 이글거리는 그 집
개죽음당한 개들이 멍멍거리는 그 집

개기름 반지르르한 무쇠솥 솥뚜껑보다 더 개기
름 반지르르한 인간들이
소주잔 기울이며 해지는 줄 모르고 멍멍거리는
그 집

길

　길이 길을 가다가 길을 놓친다 샛길과 옆길과 갈
라진 길과 찾을 길 없는 길이 진흙탕에 빠져 툴툴
거린다. 젖은 발길 하염없이 툴툴거린다. 오르막
길은 숨이 차고 내리막길은 가파르고 샛길은 비좁
고 옆길은 엉뚱해서 길이 길을 찾아 헤매다가 담벼
락에 부딪힌다 길 없는 길은 밤늦도록 캄캄하다 천
길 낭떠러지는 절망의 길이다

그곳에는

　흠집 더러 있어도 무방함

　무대를 휩쓰는 기획 상품으로 낙점

　발광하는 번개 춤 조명에 이월상품 또한 결격사
유 없는 신상품으로 인정

　노련한 손동작 발동작 덕분에 기획 상품, 이월상
품은 품절

　무대 밖, 밀려난 구제상품 훑어보는 색안경 낀
까마귀 떼

　그곳에는 신상품이 재고품 되는 곳

이사

숲속 다세대주택 하얀 나비 한 마리
담장을 넘어간다 노랑나비 뒤따라 간다

나비들의 이별은 하얗거나 노랗다

세간살이가 없으니 흔적이 없고
흔적이 없으니 기억이 없어 팔랑거린다

이삿짐이 가벼워 바람에 싣고 간다
우울한 설렘이 담장을 기웃거린다

타임캡슐을 열다

몇십 년, 곰삭은 돌탑이 산기를 보인다 비좁은
씨방에서 싹틔운 씨앗 고개 들고 자궁을 빠져나온
다 깨알 같이 쏟아지는 밀서 꿈 많던 학창시절 사
춘기 앓다 밤새워 쓴 낙서 초경에 쩔쩔매며 적어놓
은 일기장 쏟아지는 그리움과 외로움의 조각조각
들 퍼즐 맞추어 재봉틀로 박아 다리미로 다린다 탑
속에 밀봉해 두었던 소망 늘그막에 다시 태어나 내
이름 석 자를 뜯어먹는다

폭염주의보

36.5를 더하는 지하철4호 칸 밀고 당기며 들어오
는 들숨과 날숨
차가운 열기와 뜨거운 냉기가 뒤엉킨 뒤범벅이
36.5를 곱하는 지하철 4호 칸
등과 등이 마주 보고 그리는 다국적 지도
짜증스런 등 돌리며 36.5를 나누는 지하철 4호 칸
내 핸드폰에 찍힌 삼백육십 다섯 개의 태양이 이
글이글 내일을 대기 중이다

이명

　알 수 없는 소리들이, 터널을 떠도는 소리들이,
두드리는 소리들이
　CD속을 들락거린다
　반듯한 의자가, 거꾸로 선 내 몸이, 비상하고 추
락하는 월요일과 일요일이 구급차 속에서 윙윙거
린다 수면유도제를 먹은 밤 열 한시가 비몽사몽 달
팽이 문을 열었다 닫는다

　첫닭 울음소리가 새벽 세 시를 둥글게 둥글게 말
아 올렸다

수술실에서

　큼지막한 글자가 눈엣가시다 죽음이 들어서는
대문 입구 지나온 날들의 아침 햇살이 눈엣가시다
머리를 여는 순간, 튀어나오는 125cc 오토바이 까
만색 승용차 교각에
　부딪치는 굉음이 부르는 앵앵거리는 구급차가
머리를 닫는 순간, 촌각을 다투는 아찔한 순간, 사
고뭉치 흔적이 흔적 없이 빠져나가는 순간, 죽음이
멀리 떠난 대문 입구
　순간순간에 빠져나간 것들은 돌아오지 않았다

유월의 무게

그날의 사고는 예고된 것이었다
아침부터 예감이 좋지 않았다

몸과 마음이 따로따로
바닥에 나 뒹굴었다

유월이면 열병처럼 도지는 아픔이었다
구멍 난 양말 사이로 삐져나오는 기억이었다

산다는 건
천근만근 쌓인 먼지를 털어내는 것

녹슨 시계를 꺼내 흔들어 본다
유월의 털 짐승이 나를 덮쳤다

지진 1

터지고 말았다 수천, 수백 년 침묵하던 땅이 하품을 하며

지구를 흔들고 바다를 쪼갠다 천 길 낭떠러지 맨홀로 저 언덕이 흘러든다

한 세상이 빨려든다 쾅쾅 심장만 방망이질 한다

세월 흔적은 흔적 없이 사라지고 연기만 모락모락, 당신이 마지막 숨 쉬고 있다

지진 2

갑인 갑은 을의 멱살을 흔들고 싶다
을인 을은 갑의 목덜미를 물어뜯고 싶다

끓어오르는 분노 낙엽이 고와서
잠시 휴식 중, 칼끝 빗금 같은

지진 3

배출구가 없다
호흡기도 없다
그대는
폭발 직전의 암묵
자제하지 못하는 욕망

몸부림은 생의 의지

지진 4

침묵한 발효액이 폭발을 한다
묵은 감정이 솟구친다
흩어진 조각들이 산산조각을 찾아 주변을 맴돈다
틈새로 새 나오는 재색 여운
움직이는 것들은 덜컹대는 가슴 거머쥔다
널브러진 정신이 정신을 수습하며 한숨 토한다
끝은 끝이 아닌 시작이다

로드 킬

돌아보지 못하겠다 오금이 저려서 길바닥에 널
브러진

발자국이 발자국에 밟히고 피눈물이 피눈물에
밟혀

눈앞이 캄캄하고 뒤통수 따가운 밤

너는 맨발의 적막이었다 그대가 데리고 다니던
깊은 산 험한 길 입구에

벗어 던진 신발처럼 눈매 서늘한 고라니 죽음이여

폭발에 대하여

발목 접어 정강이에 붙이고
두 손 구겨 주머니에 넣는다

지친 그림자
마른 생선처럼 해풍에 흔들린다

누가 관절 꺾어
내 안의 나를 끄집어내었나 보다

겨울잠 못 든 개구리
빙벽에 매달려 발버둥 친다

시린 손끝이
내 삶의 자판을 폭발할 듯 두드린다

| 4부 |

까만 실수

보이지 않는다고 안 보이는 게 아니더라
가슴이 알아보고 머리를 쥐어뜯더라

말을 안 한다고 안 들리는 게 아니더라
눈치가 눈치로 알아듣고 눈치를 차리더라

차라리
석고상은 하염없는 석고상일 뿐이더라

주눅에 주눅 든 몸이 식은땀 흘리더라
심장이 촛농처럼 녹아내리더라

에스컬레이트

비상과 추락은 불가분의 관계

계단이 계단을 밟고 올라간다 가도 가도 끝이 없
는 끝

끝은 늘 그 자리가 끝도 없는 끝이다

수천수만 킬로그램의 무게를 얹어 끝없이 올라
가는 끝

밟고 간 자국 지우고 밟고 덜커덩거리고 계단과
계단 틈새

삐거덕거리는 발바닥이 뜨겁다

계단이 계단을 밟고 내려온다 내려오는 끝 또한
끝이 없는 끝

내려올수록 끝은 끝없는 끝으로 추락한다

밟고 온 자국을 지우는 뜨거운 금속 계단

열 받은 발바닥이 밤늦도록 싸늘하다

붕어빵 낚시

길모퉁이 구석 자리
허기들이 둘러서서
줄낚시 즐긴다
몇 바퀴 낚싯대를 돌리면
외눈박이 붕어가
꼬리치며 입질을 한다
갓 걸려든 붕어 입질에
허기진 입들의 입이
입질을 시작하고
입질한 입질이 허기를 채운다

탈 났다!
붕어가 배 속에서 헤엄을 치는데
Toilet이 보이지 않는다

할매탕

　수십 년 들락거리는 저문 집 할매탕 쏘시지 같은
민낯의 여자들, 야자유 자르르 자석에 끌리듯 비밀
문 속으로 미끌어진다

　원초적 여자들과 출렁이는 지방층과 녹아내리는
비계들과 재탕 삼탕 우려낸 뜨거운 원성과 반숙으
로 뽀얗게 출렁이는 저문 집 할매탕

　동태 탕 동태가 대구탕 대구가 냄비 속의 냄비가
빠져나간다 할매 탕에는 할매가 없다 민낯의 여자
들, 야자유 자르르 자석에 끌리듯 비밀 문 속으로
미끌어진다

도공의 꿈

그대 그리움이
학이 되어 하늘을 난다

그리움의 손끝이
하늘 깊이 떨린다

눈이 내리고
하늘 깊이 매화가 피어난다

싸늘한 가마에 불을 지핀
1,300도의 열꽃 그리움이 피워낸 매병 한 점

꿈같은 꿈이 하얗게
새하얗게 하늘을 난다

구지뽕나무

짧은 간격으로 산통이 조여온다

봄에 뿌린 씨앗 거두라 한다

만삭의 나무가 알사탕을 해산解産했다

가시로 지켜온 분신

우울한 마음이 우울해하며 우울증 앓는다

손바닥 찌르는 까칠한 상형문자

어머니가 그립다

바비큐 파티

어둠이 초승달을 감나무에 건다

타닥타닥 장작불 타는 소리, C단조의 월광 소나타가 파티를 절정으로 이끈다

알몸의 부끄러운 전생을 장작불에 던져놓고 태운다

털끝 하나 없이 노릇노릇 변해가는 두려움 겹겹이 떨어지는 살점

타닥타닥 비명이 터진다 한 점 초승달 제물로 바치고 10년 전의 내가 사그라지는 불꽃 속에 뼈를 묻는다

사문진 나루터

가까워서, 멀어서 들릴 듯, 말 듯

사문사문 사문진 모래톱에 묻힌 다릿발

가까워서, 멀어서 들릴 듯, 말 듯

다가오는 피아노 하얀 건반 물무늬 까만 음계 물
수제비

가까워서, 멀어서 들릴 듯, 말 듯

석양 발자국 긴 그림자

가라앉은 목청 흐르는 낙동강

가까워서, 멀어서 들릴 듯, 말 듯

사문진 나루터 변방을 기웃기웃 엿보는 어둠

사문사문 잠기는 비발디 사계

가까워서, 멀어서 들릴 듯, 말 듯

덤

　장바닥에 부려놓은 보따리 시든 채소 잎 같은 노
파가 시들지 않은 채소를 판다 옆 자리 눈치 보며
한 움큼 열무 덤으로 집어넣는다 검은 비닐봉지 입
이 터진다 한푼 두푼 꼬깃꼬깃 푼돈 만지는 재미에
때 놓친 끼니 살기 위해 먹는지 먹기 위해 사는지
입 터진 비닐봉지처럼 꾸역꾸역 구겨 넣은 밥알 씹
으며 지폐를 넘긴다

　시든 채소 잎 같은 노파의 하루 홍시 같은 해가
서산에서 옹알거릴 때쯤 먼지 쌓인 보따리 털며 왔
던 검은 그림자 길 재촉하는 노파의 등에 굽은 등
나무가 자란다 푸르던 생이 시들도록 숨 가쁘게 몰
아 부친 숨 늘어뜨리며 남은 삶 덤이라 생각하고
마음 편한 등나무 그늘 아래 이부자리 펴고 등 굽
은 등을 눕힌다 장바닥에 부려놓은 보따리 시든 채
소 잎 같이

가을은

뚝뚝
꺾어진 손가락이 바람의 머리채를 흔든다
특별하게 특별하지 않은 특별한 놀이가 지루해
진 바람
뚝뚝 꺾어진 손가락 사이로 바람처럼 바람이 빠
져나가고
바람에 부딪쳐 부러진 손가락이 저녁놀을 편다

가을은 스스로 바람보다 지혜롭다
저녁 놀 펄럭이는 서산 너머로 떠날 때와 돌아올
때를 안다

도토리묵

　까칠까칠한 모자 속에서 알맹이 크는 소리 탱글
탱글 여물어가는 소리 늦가을 햇볕에 껍질 터지는
소리 후두둑 바람에 놀라 떨어지는 소리 데굴데굴
굴러 멍드는 소리 저들끼리 볼 쓰다듬는 소리 언제
어디서 다시 만나랴 손 흔드는 소리 터지고 깨지고
가루가 되어 물밑으로 가라앉는 소리 봄 여름 가을
햇볕 북적거리는 소리가
　소리를 다독여 혀가 굳어지는 소리

　소리가 만들어낸 말랑말랑 휘청거리는 오솔길
같은 소리

프라이드치킨

다이빙대 앞에서 심호흡하며 잠깐 흔들리다가 비장한 결심을 하고 잠수함에 빠진다 거품 일으키며 추락하는 비상 토막 난 상상이 허공중을 떠다닌다 노란 피부에 붉은색 수영복 갈아입은 다이빙 선수들 둥근 접시 위에서 메달을 기다린다

포크가 꽂히는 부위마다 자지러지는 아우성 바싹한 껍질 속의 부드러움에 입이 즐겁다 테이블 위 길게 뻗은 손이 칭얼대는 목울대를 잡고 매끄러운 음색으로 클래식 한 소절 잘근잘근 씹을 때 입안에 맴도는 알싸한 소리는 다이빙 선수들의 환호다 테이블 위에 놓인 퍼즐 조각 즐기는 사람들 토막 난 퍼즐의 자존심 뼈다귀들 쓰레기통에 어지럽게 쌓인다

황태덕장

하필
겨울 한 철
명태

세상 물정 모르고 뭍으로 끌려와
덕대에 매달려
하루하루 말라가는
울분의 상형문자

찬바람에 부르튼 맨살
방망이 뜸질에
터진 살갗 다시 터지도록
제 몸 두드리는 몸부림 처절하다

스펀지처럼 푸석거리는
내 해묵은 삶의 우울 같은,

파도의 꿈

작은, 아주 작은 꿈 하나
거품처럼 일어났다 거품처럼 흩어지네
파도를 타고 파도를 넘어
그대에게 닿으려는 아주 작은 꿈 하나

무섬다리

바람기둥에 뱀허물
흐물흐물 허물어진다

허물어진 생각과 허물어진 생각이
느릿느릿 먼길을 기어간다

허물어진 먼 길이
푸석푸석 부식된 무섬다리

휘어진 물길은 긴 세월
비바람이 드나든 고약한 흔적이다

| 해설 |

꿈꾸는 존재를 위한 시적 서언
- 김경언 시의 의미

정 훈(문학평론가)

    시인이 꿈꾸는 세상은 어떤 모습일까. 숱한 시인들이 저마다 세계를 해석해왔고 나름대로 시적 유토피아를 꿈꿔왔다. 하지만 시인의 꿈꾸기는 늘 지연될 수밖에 달리 방법이 없다. 왜냐하면, 시는 꿈의 성취가 아니라 꿈의 제시요 과정이기 때문이다. 과정으로서 시 쓰기는 우선 세계 현상에 대한 직시가 자리잡는다. 사물과 사건, 그리고 의식과 감정에 대한 솔직한 반응이 생기고 난 뒤에 시적 이미지와 형상화가 이루어진다. 의식과 감정은 직접적으로 생겨나지만 '의식'하지 못하는 사이에 왜곡과 매개작용이 이루어진다. 그것은 대개 비유와 상징으로 드러난다. 현실 언어와는 다른 시 언어에서 행해지는 비유와 상징이 시의 독특한 무늬를 만들어내고, 이러한 시적 무늬는 시인 내면에 활성화한 정동(情動)과 세계인식의 증표가 되는 것이다. 김 경언은 평범한 일상 속에서 시인의 눈에 들어온 현상들을 소박하고 간단명료한 시적 이미지로 형상화한다. 시인에게 이 세계는 의심할 여지없는, 자명한 것들의 분출로써 놓여있다. 그런데 자명하고 뚜렷한 현실 세계의 이면은 제 나름대로의 뜻을 품에 안은 의미체이기도 하다. 의미체로서 현상 하나하나가 시적 이미지와 비유 및 상징으로 전환되는 모습에서 시의 참맛을 느끼게 된다. 김경언은 현상 속에 숨어있는 의미를 시인 자신의 독특한 시각으로 채색해서 작은 세계를 만들어낸다. 이 세계는 언어가 가미한 가공의 세계다. 요지경 같은 세상을 요모조모 관찰하면서 얻은 새로운 시적 공간에서 우리는 세계가 풍부한 의미의 복합적이고도 입체적인 가능성이라는 사실을 발견하게 되는 것이다.

　베란다 구석에 쪼그리고 앉아
　밤마다 불면을 뒤척이는 소리

　꼼지락꼼지락
　신경질 가시가 머리 끝에 돋는 소리

홀쩍 커버린 계집아이처럼

어느 날 새하얀 바닥에 떨군

새빨간 점, 점, 점,

게발선인장이 첫 꽃망울 터뜨렸다

                       –「초경」 전문

  「초경」에서 보는 것처럼 현상(선인장이 꽃망울을 터뜨리는 일)은 의미(생명의 복잡한 진행 과정을 통해 그 열매를 자아내는, 존재의 신비한 메커니즘)를 내포하는 것처럼 보인다. 그런데 한편으로 현상을 이해하는 방식은 보는 사람의 시각에 따라 다르기도 하다. 시인은 게발선인장이 "밤마다 불면을 뒤척이"고 "신경질 가시가 머리끝에 돋는 소리"를 낸다고 상상한다. '상상'이라고 하지만 엄연히 상상이 아닌 실체일 수도 있다. 이런 상상을 가능하게 하는 직감은 선인장이 "첫 꽃망울 터뜨"린 사실 때문에 더욱 증폭되고, 붉은 꽃을 틔운 선인장을 '초경'이라는 인간의 생리 현상에 빗댐으로써 일종의 시적 비유로 자리매김 되는 것이다. 이러한 일련의 시적 형상화의 과정에서 우리가 알 수 있는 것은 세계와 의미의 역동적인 전이와 치환 속에서 생성되는 이미지의 힘이다. 이미지는 시를 더욱 더 세계의 다양한 원리와 현상들에 생동감을 부여하면서 스스로 현현하도록 속삭이게 하는 수단이요 매개다. 현대 시가 보여주는 이미지의 향연은 김경언의 시에서도 선명하다. 이미지는 존재들의 좌표를 시각화하는 시적 장치요 테크닉이다. 위 시는 존재의 현상과 의미의 길항 사이에서 붉게 초점화된 언어의 이미지를 보여준다. 그 이미지의 생성 과정에서 언뜻 보이는 생명 존재의 상처와 고통을 보자. "불면"과 "신경질"이 나타내는 생명의 시련이 '초경'이라는 비유적 이미지와 결합하면서 완성되는 시 세계에는 단순하면서도 복잡한 존재의 회로가 있을 것이다. 이 존재의 회로를 들여다봄으로써 언어의 가능성과 한계를 가늠하게 된다.

빛이 바랜 겉과 속을 뒤집어 빨랫줄에 넌다

어제가 오늘의 빨랫줄에 걸려 덜렁거린다
젖은 운동화 곁에서 참새 몇 마리가 찍찍거린다

부끄러운 사연이 서걱거린다
널브러진 속옷이 햇볕 뒤로 숨는다
제비와 꽃뱀이 빨랫줄을 당긴다

내일이 오늘의 빨랫줄에 걸려 덜렁거린다
해와 달 사이가 하루 종일 야시시하다

널어놓은 낱말들이 바람에 펄럭거린다
                            ―「빨랫줄 풍경」 전문

　빨랫줄에 걸린 옷가지들은 시간에 따라 변하는 물질적인 것의 무상성을 드러내는 지표다. 거기에는 온갖 사연들이 때처럼 묻어 있다. 시간의 때를 물에 씻어내어 말리는 행위에서 일상의 한 조각을 떠올리기도 하지만, 좀 더 깊게는 우리 같은 유한한 존재가 닿을 수밖에 없는 슬픈 풍경마저 끄집어내기에 충분한 그 무엇이다. 시인은 "어제가 오늘의 빨랫줄에 걸려 덜렁거린다" "내일이 오늘의 빨랫줄에 걸려 덜렁거린다"고 말함으로써 과거와 현재를 지나 미래로 흐르는 시간의 일 방향뿐만 아니라 그 역순의 상상을 감행한다. 미래의 시간 또

한 사실은 지나간 시간의 흔적일 수가 있기에 그렇
다. 빨랫줄에 걸린 옷들에 새긴 것들은 시간의 흔
적뿐만 아니라 상념과 회한의 마음까지 자아낸다.
시인은 이런 감정들을 한데 뭉뚱그려 "널어놓은 낱
말들"이라 간략하게 표현한다. 그 낱말들은 옷가지
가 보고 겪고 스쳤을 현실의 비명이요 한탄이요 기
쁨의 시니피앙일 것이다. 「빨랫줄 풍경」에서 형상
화한 이미지들 또한 역동적이다. 모든 시행의 서술
어가 감각적이고 활발한 이미지를 발산한다. "넌
다" "덜렁거린다" "찍찍거린다" "서걱거린다" "숨는
다" "당긴다" "덜렁거린다" "야시시하다" "펄럭거린
다"처럼 빨랫줄의 풍경은 정적이지 않고 동적으로
출렁거린다. 이런 활성적 이미지는 존재 속에 들어
있는 시공간의 표정에서 배어 나온 생生의 활력일
것이다. 존재와 언어의 관계가 그만큼 다면적이면
서도 생기를 띰을 알 수 있다.

팽팽한 긴장감이 집안 자욱하다

도마, 부엌칼, 프라이팬, 고등어 눈알, 이빨 빠진 머
그잔, 찢어진 고무장갑,

빨간불 켜진 가스렌지

싱크대와 욕실, 혼자 눕기 알맞은 침대, 가끔 선탠을
즐기는 모호한 경계의 베란다
일거수일투족이 안절부절못하고 있다

그림자에 붙잡힌 내 그림자가 방 안에 갇혀 있다
— 「인질」 전문

김경언의 시가 존재와 언어의 관계에서 배태하
는 역동적인 심상이 뚜렷하다면, 아마도 생에 대한
적극적인 의지와 마음에서 비롯할 것이다. 그런데
삶에 소비되는 주체의 에너지가 많을수록 그만큼
피로도 높아진다. 삶에 대한 허무가 생기거나 무기
력해지는 경우가 그렇다. 일상에서 간혹 마주하게
되는 자신에 대한 성찰에는 항상 자신을 포함해서
자신을 둘러싼 환경을 새삼 다시 바라보는 눈이 녹
아있다. 즉 아무렇지도 않았던 일상이 낯설게 느껴
지는 순간이다. 낯선 세계에 눈뜰 때 비로소 자신
이 발 딛고 있는 환경과 실존에 대한 의식이 꿈틀
거린다. 위 시에서는 "팽팽한 긴장감"이란 말로써

이를 표현한다. 즉 "싱크대와 욕실, 혼자 눕기 알맞은 침대, 가끔 선탠을 즐기는 모호한 경계의 베란다/일거수일투족이 안절부절못하고 있다"는 발견과 이 발견에 뒤이은 "그림자에 붙잡힌 내 그림자가 방 안에 갇혀 있"다는 실존적 불안의식이다. 현대인의 일상이 번잡하고 예전에 비해 인간과 세계 사이의 물리적·심리적 거리가 가까워졌다고 하더라도 끝내 떨쳐버릴 수 없는 한계가 바로 '소외'이다. 시인은 이러한 소외를 두고 인질로 잡혀있다고 표현한다. 환경과 사물에 예속된 불안한 주체의 자각을 위 시는 보여준다 하겠다.

단순한 시각으로 세상을 바라보면서도, 세상이라는 피사체는 평면적이지 않고 입체적이다. 현상에 가려진 실존의 지문들이 세계 해석을 곤란하게 하고 때로는 한숨을 짓게 한다. 희망과 이상의 소로小路를 찾았다 믿는 순간 들이닥치는 불가해한 존재의 표정에 쉽사리 절망하기도 한다. 김경언의 시편들이 더러 이러한 절망적인 실존의 상황을 보여준다. 삶의 권태와 회의이기도 할 것이다. 하지만 시인의 실존적인 양상이 시로 형상화될 때 생성되는 시 세계는 현실 속의 시인이 처해있거나 지향하는 세계와 동떨어져서 인식할 필요가 있다. 왜곡과 매개를 통한 언어적·미학적 변주가 시에서 이루어지기 때문이다. 다시 말해 시가 표명하는 형식적 범주와 세계는 시인의 의식적·무의식적 세계 인식을 전제로 하면서 새롭게 예술적으로 재창조한 영역인 셈이다. 여기서 현실과 시적 이상의 괴리를 발견하게 된다.

길이 길을 가다가 길을 놓친다 샛길과 옆길과 갈라진 길과 찾을 길 없는 길이 진흙탕에 빠져 툴툴거린다 젖은 신발 하염없이 툴툴거린다 오르막길은 숨이 차고 내리막길은 가파르고 샛길은 비좁고 옆길은 엉뚱해서 길이 길을 찾아 헤매다가 담벼락에 부딪힌다 길 없는 길은 밤늦도록 캄캄하다 천 길 낭떠러지는 절망의 길이다

— 「길」 전문

'길'은 현실에서든 시에서든 언제나 물리적이면서도 비유적인 기호인 것 같다. 그것은 자신의 몸뚱이를 지탱해서 반드시 건너가야만 하는 공간이기도 하지만 때때로 삶의 지평을 알려주는 정신적 표상이기도 하다. 그런데 우리는 늘 길을 잃고 헤

맨다. 눈앞에 뚜렷이 놓여 있는 길이지만 건너면서, 혹은 다 지나왔다고 믿는 순간에도 그 길에 대한 의심이 곧잘 생기는 경우가 허다하다. "길이 길을 가다가 길을 놓친다"고 시인도 말했듯이, 길조차 희미하고 불분명하기에 우리는 언제나 방황하고 뒤돌아보면서 삶을 허비하는 것이다. 이런 상황을 간단히 표현하자면 "천 길 낭떠러지" 같은 "절망의 길"이다. 존재의 어둠을 지시하는 말로써 절망의 길 위에 시인은 서 있다. 사실 위태롭지 않은 삶이란 없다. 위태로움을 직시하면서도 차마 인정하고 싶지 않아 스스로 회피하거나 변명하는 경우가 많다. 그러면서 혼자 나직이 자신을 돌아보면서 첩첩산중 앞이 보이지 않는 미래를 상상한다. 「길」에서 읊은 시인의 어둡고 비관적인 인식이 사실은 인간 실존의 보편적인 상태에 대한 자각으로 이어지는 일이 괴롭지만 엄밀하게 들여다보면 인간이라는 존재의 한계와 수렁에서 결코 빠져나오기 힘든 것 같다. 절망은 개별적인 체험과 감정에서 비롯한다. 그런데 자신에 대한 유한성의 자각은 결국 유적類的 인간에 대한 한계를 절실히 느끼는 데까지 이를 수밖에는 없다. 시인이 바라보는 암흑과도 같은 세상이 그나마 의미를 지닌다면, 그래도 끝까지 자신의 존재성을 수락하면서 버텨내는게 아닐까.

> 시든 채소 잎 같은 노파의 하루 홍시 같은 해가 서산에서 옹알거릴 때쯤 먼지 쌓인 보따리 털며 왔던 검은 그림자 길 재촉하는 노파의 등에 굽은 등나무가 자란다 푸르던 생이 시들도록 숨 가쁘게 몰아 부친 숨 늘어뜨리며 남은 삶 덤이라 생각하고 마음 편한 등나무 그늘 아래 이부자리 펴고 등 굽은 등을 눕힌다 장바닥에 부려놓은 보따리 시든 채소 잎 같이
>
> ─「덤」부분

「덤」에서 시인이 초점화하는 풍경은 장날 채소를 팔고 집으로 돌아가서 몸을 뉘는 노파의 굽은 등이다. 굽은 등이 모든 것을 말해준다. 거기에는 지나온 삶의 신산고초가 무덤처럼 쌓여있다. 채소를 내다 팔며 하루하루를 보내는 노파에게 "푸르던 생이 시들도록 숨 가쁘게 몰아 부친 숨 늘어뜨리며 남은 삶 덤이라 생각"하기는 쉽겠지만, 여생 또한 삶의 연장이요 과정이라 본다면 노파의 일상은 그것과 다를 바 없다. 즉 전투인 셈이다. 한편, 아무래도

위 시에서 형상화된 노파의 이미지에서 생의 끝자락에 다다른 인간의 말년이 자아내는 지극한 풍경 또한 지워버릴 수 없다. 이는 단적으로 표현해서 "장바닥에 부려놓은 보따리 시든 채소 잎 같이" 볼품없어 보인다. 사실 볼품없기도 하다. 생의 절정을 넘기며 끝을 향해 기우는 존재의 표정이 아름답지만은 않다. 어찌 보면 추해 보인다고까지 생각할 수 있지만, 추하고 쇠락하는 존재의 미세한 틈새에서 피어오르는 생의 의지에서 생명의 숭고한 기운이 느껴지는 것이다.

김경언의 시는 삶을 빗대는 여러 비유와 상징을 통해 실존의 한계와 아이러니적 상태를 드러낸다. 그 포즈가 절망적이거나 비극적인 색채를 띠지 않고 미끈하면서도 경쾌한 느낌을 주는 까닭은 평소 시인의 심성과 시가 닮아있기 때문이 아닐까 짐작해본다. 삶의 굴레와 질곡을 풍자하면서도 그 속에는 인간과 색상에 대한 따뜻한 눈길이 스며 있다. 그런데 불온한 현실은 여전해서 더러 시인의 시에서조차 그런 흔적을 지워버리기 힘들다. 온전하게 우뚝 서서 세계의 지평을 헤쳐나가는 주체의 희망이, 존재의 한계에 속박당해 어쩔 수 없이 꺾이게 되는 풍경이 군데군데 흩뿌려져 있는 것이다.

꼬여도 이상하게 꼬였다 당해도 심하게 당했다 우악
스런 손으로 곁가지치고 팔다리 철사로 감고 비틀어 숨
통을 조이더니, 어느 날 之자가 사방으로 골목길을 내었
다 미처 가리지 못한 아랫도리의 소녀가 벌건 대낮 수반
에 앉아 감당하기 힘든 수치심에 몸을 꼬면서 어쩔 줄
모른다 밑둥이 튼실해야 씨앗을 잘 맺고 키가 낮고 아담
한 외모가 파격적인 몸값을 한다며 삭둑삭둑 자르면서
음흉하게 웃는 남자의 손끝에서 울분이 밀어 올리는 꽃
한 송이 참담하다

　　　　　　　　　　　－「분재」전문

사람들 눈에 보기 좋으라고 행하는 여러 문화
적 습성 가운데 분재가 있다. 그런데 완성된 분재
가 있기까지의 과정을 시인은 참담한 눈길로 바라
본다. "우악스런 손으로 곁가지치고 팔다리 철사로
감고 비틀어 숨통을 조"인다고 진술한다. 하나의
형상이 만들어지기까지 행해지는 여러 과정에서
발견하게 된 존재의 연약함과 한계성에 초점을 두
는 것이다. 시인의 시선이 존재가 변형되고 비틀어

지면서 마침내 박제처럼 그 형태가 완성되는 전체 과정에 향하면서 분출되는 의미는, 아름다움이 자아내는 역설적이고도 아이러니함일 것이다. 다르게 말하자면 우리를 포함한 모든 존재가 필연적으로 겪게 되는 불합리하고 그로테스크한 세계의 조건이다. 불가항력의 외부 조건에 저항할 힘이 애초에 마련되지 않았기에, 그 결과가 번지르르한 형식을 띠더라도 숨겨진 과정에서 오염되고 왜곡된 현실을 밀쳐낼 방도가 있을리 만무하다. "밑둥이 튼실해야 씨앗을 잘 맺고 키가 낮고 아담한 외모가 파격적인 몸값을 한다며 삭둑삭둑 자르면서 음흉하게 웃는 남자의 손끝에서 울분이 밀어 올리는 꽃 한 송이"는 위선과 절망의 몸짓이 판치는 세상에서 탄생한 비극의 형식일 뿐이다. 이렇듯 모든 존재는 허약하다. 아름다워 보이는 것들도 실은 제약되고 구속된 여건과 환경 속에서 탄생하는 헛것이 아닐까. 위 시는 그런 참담함의 기록이다.

새벽 네 시
눈꺼풀 걷고 품팔이 시장 간다
지난밤 꿈자리가 좋았던 남자

수월한 일거리 걸리려나 발걸음 가볍다

치솟는 물가 바닥 치는 일자리
힘든 삶에 지친 남자 구릿빛 얼굴
삼백원 믹스커피에 담배 한 대 꼬나물고
초조한 마음으로 팔려가길 기다린다

맨홀 청소 일자리!
꿈이 맞았다 눈썹 휘날리는 구릿빛 얼굴
얼마만인가
맨홀에서 해종일 건져 올린 일당 7만원

그저께 죽은 이씨 얼굴 같다

늦은 밤 포장마차 막걸리 한 사발에
오늘을 마감한 김씨
아이스 붕어 몇 마리 낚아 들고
여우와 토끼가 기다리겠다며
토굴집으로 비틀걸음 서둔다

　　　　　　　　　　 – 「김씨」 전문

　존재의 태생적인 한계에 대한 자각이 외부로 투

사될 때 시「김씨」처럼 우리 시대와 사회의 슬픈 풍
경화가 내걸린다. 위 시에서 묘사된 '김씨'는 특정
한 대상이나 구체적인 개인이라기보다는 보편적
인 현대인의 모습에 가깝다. 인력 일을 하며 생계
를 꾸려나가는 일용직 노동자의 일상을 조금만 헤
아려 봐도 능히 짐작할 수 있다. 이들이 빈민계층
이라거나 사회구성체에서 기층 민중에 속한다는
인식은 예전의 1970~80년대 사회과학적 한국 사회
분석에서 상식에 지나지 않았다. 시에 그려진 한
개인의 모습은 사회적 스펙트럼에 비출 때 사회적
모순의 형상화로 귀결되고, 존재의 스펙트럼에 비
출 때 인간의 본질적인 허약함과 한계에 대한 인식
으로 귀결된다. "치솟는 물가 바닥 치는 일자리/힘
든 삶에 지친 남자 구릿빛 얼굴/삼백원 믹스커피에
담배 한 대 꼬나물고/초조한 마음으로 팔려가길 기
다린다"에서 묘사하는 사내의 모습은 어떤 면에서
보면 '보편적'이다. 물론 인력 노동자 스스로도 당
일 어떤 일을 하게 될지 점칠 수 없는 상황에서 노
심초사 호명되기만을 기다리는 풍경이 어딘지 낯
설고 이색적이긴 하지만, 하루하루 생명의 영위를
위해 자신의 능력과 깜냥껏 생활하는 유한한 존재

의 기준에서 본다는 전제에 따르면 그렇다. 새벽 일찍 집을 나서 일을 마치고 대폿집에 들러 목을 축이고는 밤늦게 귀가하는 한 남자의 하루가 힘겹다. 힘에 부치고 피곤한 하루가 앞으로도 계속되리란 사실을 우리 모두는 알고 있다. 그러면서도 지난날의 피로를 잊고 쳇바퀴 같은 하루를 또 이겨내는 게 실존의 한계다. 「김씨」를 통해서 시인이 형상화하고 싶었던 것은 현대인의 표상에 가려진 존재의 허약함인 것이다.

> 발목 접어 정강이에 붙이고
> 두 손 구겨 주머니에 넣는다
>
> 지친 그림자
> 마른 생선처럼 해풍에 흔들린다
>
> 누가 관절 꺾어
> 내 안의 나를 끄집어내었나 보다
>
> 겨울잠 못 든 개구리
> 빙벽에 매달려 발버둥 친다

시린 손끝이

내 삶의 자판을 폭발할 듯 두드린다

- 「폭발에 대하여」 전문

꿈의 제시와 과정으로서 시 쓰기가 남기는 특별
함은 시인 내면의 개별성을 통해 인간의 보편적인
심리와 감정을 드러내는데 있을 것이다. 「폭발에
대하여」도 이에 해당한다. 삶의 진행 과정에서 예
기치 못한 감정의 분출은 고통과 분노를 낳는다.
시인은 우연과 필연에 얽히고설킨 가운데 복합적
으로 만들어내는 마음의 화학작용을 가만히 들여
다본다. 한숨과 절망만이 가득한 듯한 상태에서 무
엇을 행하고 무엇을 행하지 말아야 할지 아득할 때
라도 인간은 자신의 내면 상태를 응시할 수 있는
능력을 지닌 존재다. "시린 손끝이/내 삶의 자판을
폭발할 듯 두드"리는 생각 또한 현 상태에 대한 의
식적인 조망이 뒤따라야지만 가능하다. 존재의 허
약함과 결락을 조용히 받아들이고, 순간의 감정과
의식에 충실한 시간이 지날 때 찾아오는 고요를 시
인은 기다린다. 그것은 새로운 꿈꾸기를 위한 잠
시 동안의 폭풍일 것이다. 세계와 접면하면서 생성

하는 온갖 생生의 거품과 고름들이 존재를 더욱 단
련시키는 계기로 작용한다. 따라서 이 세계는 아마
도 거대한 놀이터가 아닐까. 그 속에서 맘껏 뛰놀
다 쉬다 날아오르는, 비상을 향한 꿈의 공간이 바
로 우리가 발 딛고 있는 지금 이곳이 아니겠는가.
김경언의 시는 아마도 그런 찬란한 세계를 꿈꾼 듯
다시금 펼쳐놓는다.

2019년 10월 15일 초판 1쇄

지은이 | 김경언
펴낸이 | 강현국
펴낸곳 | 도서출판 시와반시

등록 | 2011년 10월 21일 (제25100-2011-000034호)
주소 | 대구광역시 수성구 지산로 14길 8, 101-2408호
대표전화 | 053)654-0027
팩스 | 053)622-0377
E-mail | khguk92@hanmail.net

ISBN 978-89-8345-059-3 03800

*본 도서는 2019년 부산광역시, 부산문화재단 지역문화예술
 특성화지원사업으로 지원을 받았습니다.